Première édition dans la collection *lutin poche* : novembre 2000
© 1998, l'école des loisirs, Paris
Loi numéro 49 956 du 16 juillet 1949 sur les publications
destinées à la jeunesse : septembre 1998
Dépôt légal : novembre 2005
Imprimé en France par Aubin Imprimeur à Poitiers

Chen Jiang Hong

JE NE VAIS PAS PLEURER !

Bïn Bïn au marché chinois

ARCHIMÈDE

lutin poche de l'école des loisirs
11, rue de Sèvres, Paris 6ᵉ

Ce matin, Bïn Bïn s'est levé tôt et il a mis les habits neufs que lui a cousus sa mère. Maintenant, plein d'impatience, il attend qu'on s'en aille au marché. Il n'a pas dormi de la nuit. En Chine, pour un enfant, le marché est toujours une grande fête. On y voit un tas de choses, on y rencontre des copains et surtout on y mange un maximum de friandises.

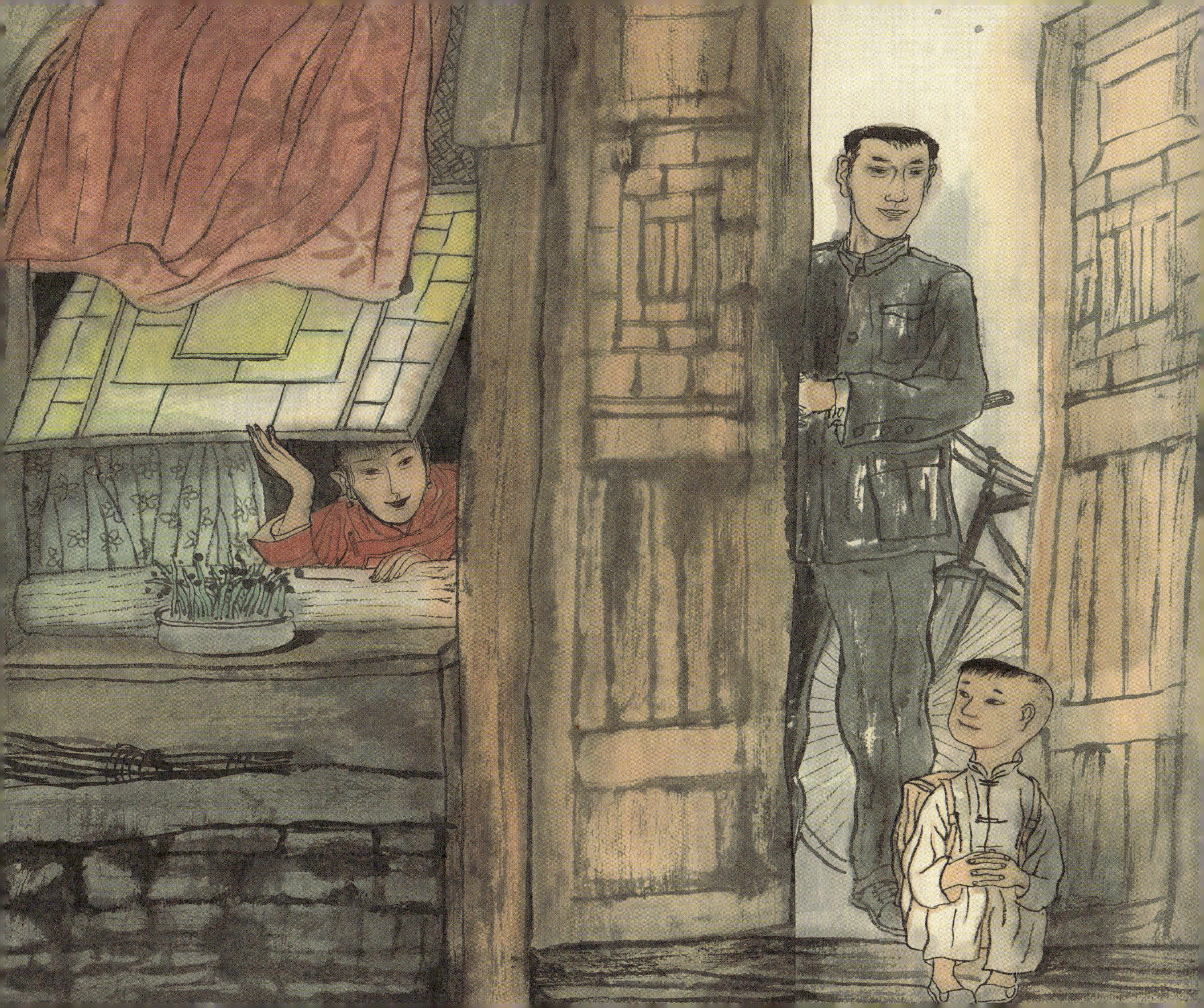

Bïn Bïn habite à la campagne. Sans voiture, il faut des heures à la famille pour se rendre au marché. En chemin, la mère recommande à son fils de faire bien attention : « Là-bas, il y aura beaucoup de monde et tu risques de nous perdre. »
« Surtout, pas de bêtises ! » ajoute son père. Bïn Bïn fait : « Oui, oui », mais il a la tête ailleurs, pleine des amusements qui se préparent…

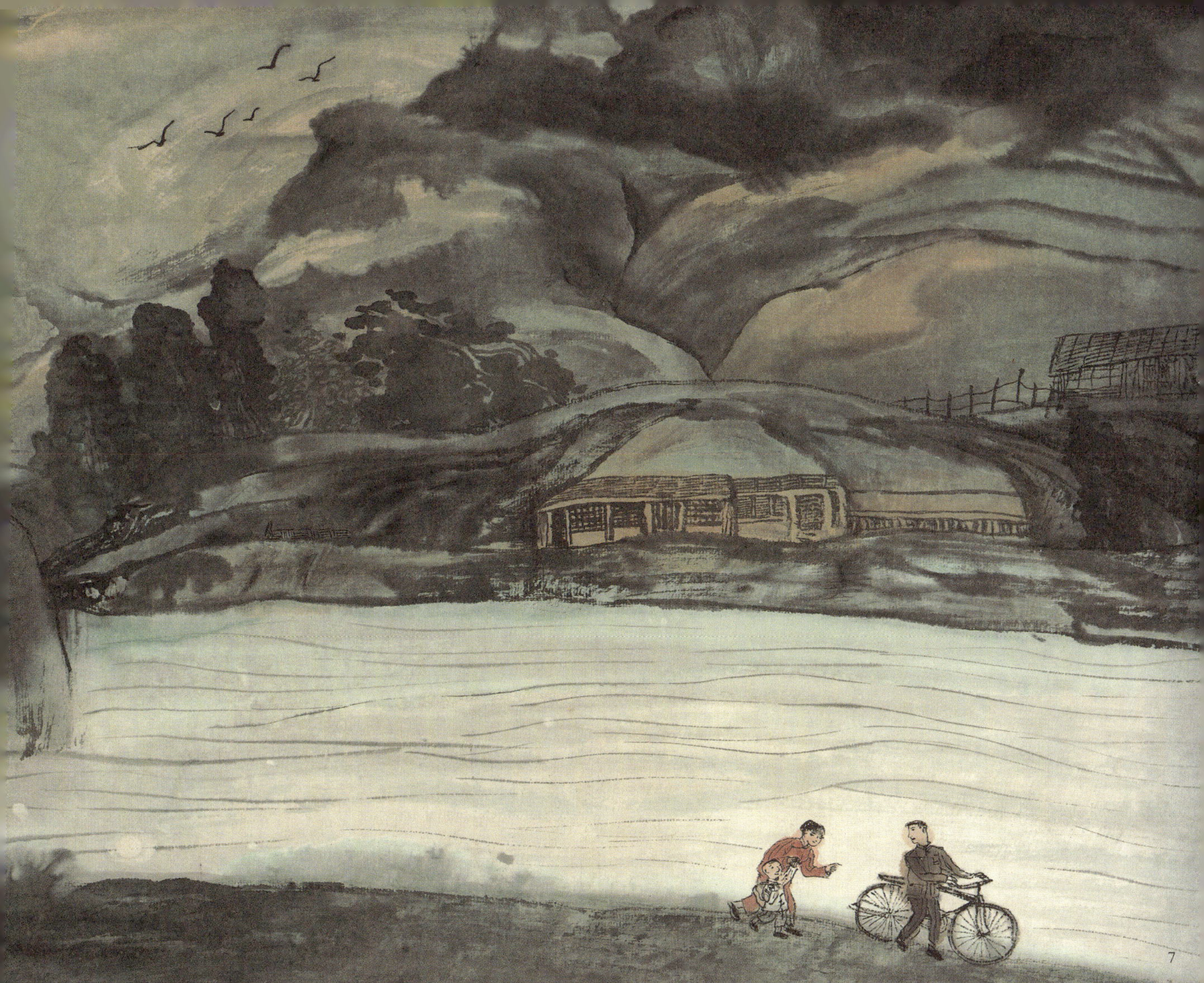

8

Au marché, ce n'est pas encore la grande foule, mais dès la première heure, les marchands ont monté leurs étals. En arrivant, on prend le petit déjeuner : Bïn Bïn raffole des nouilles de monsieur Lou, qui les fait à la main, devant vous, en quelques secondes, à partir d'un peu de pâte. Le voir travailler est déjà un régal.
« C'est presque de la magie ! » s'exclame Bïn Bïn.

四川辣面

Mais voici que s'installe une petite troupe d'opéra traditionnel, dont les comédiens se mettent à chanter et à danser. Toutes affaires cessantes, Bïn Bïn court les voir. « Ne t'éloigne pas trop ! » lui crie sa mère, mais c'est à peine s'il l'entend. Il fend la foule des spectateurs. « S'il vous plaît, laissez-moi passer, je veux voir le spectacle ! »

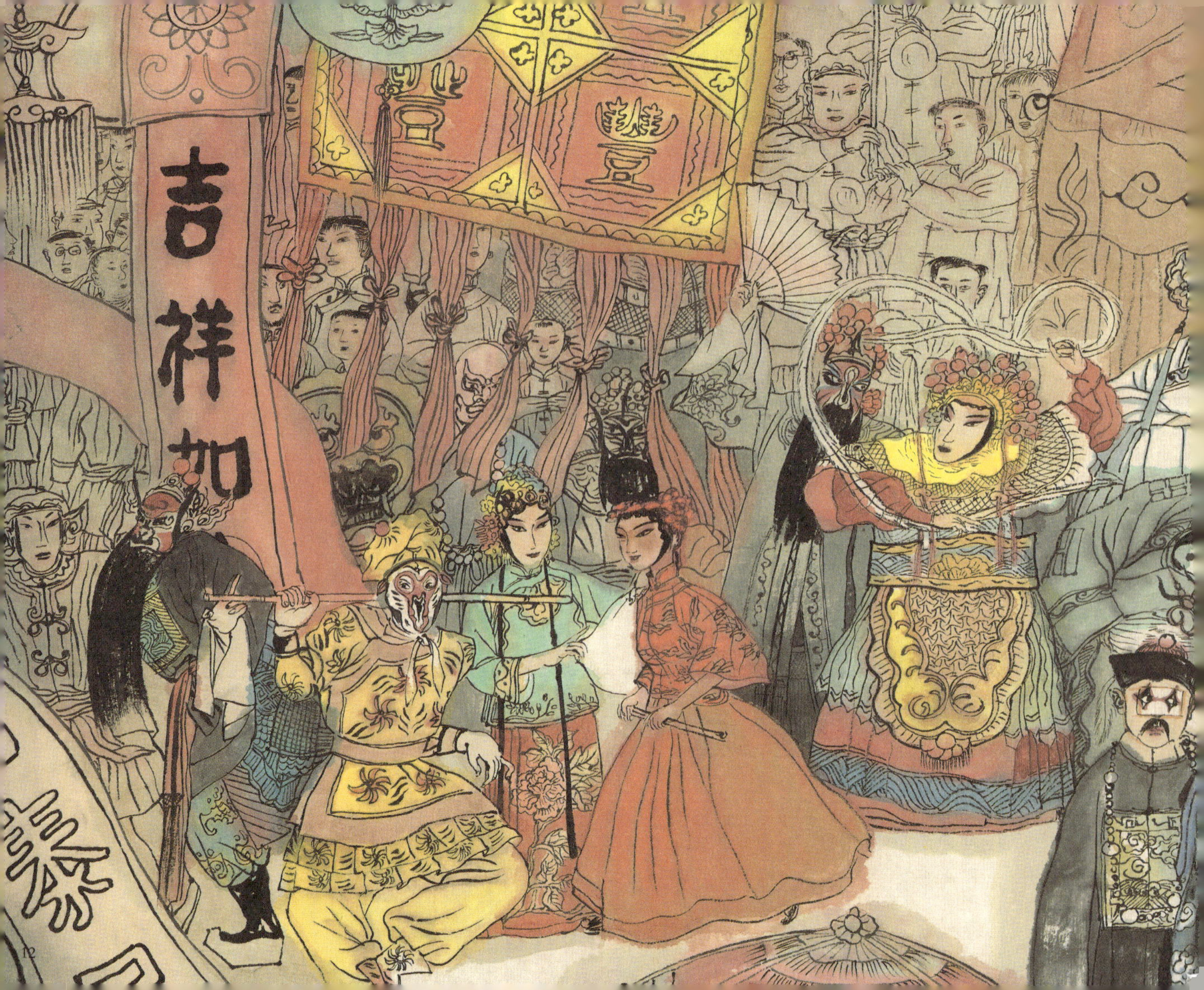
吉祥如

Bïn Bïn se faufile et réussit à se glisser au premier rang. Ce qu'il y voit l'enchante. Les acteurs ont de superbes maquillages et des costumes splendides. «Bravo! bravo!» applaudit-il, enthousiasmé. On lui met un chapeau sur la tête et il joue le rôle du roi, parmi les petits acteurs de la troupe. Il a complètement oublié ses parents. Il ne sait même plus où ils sont.

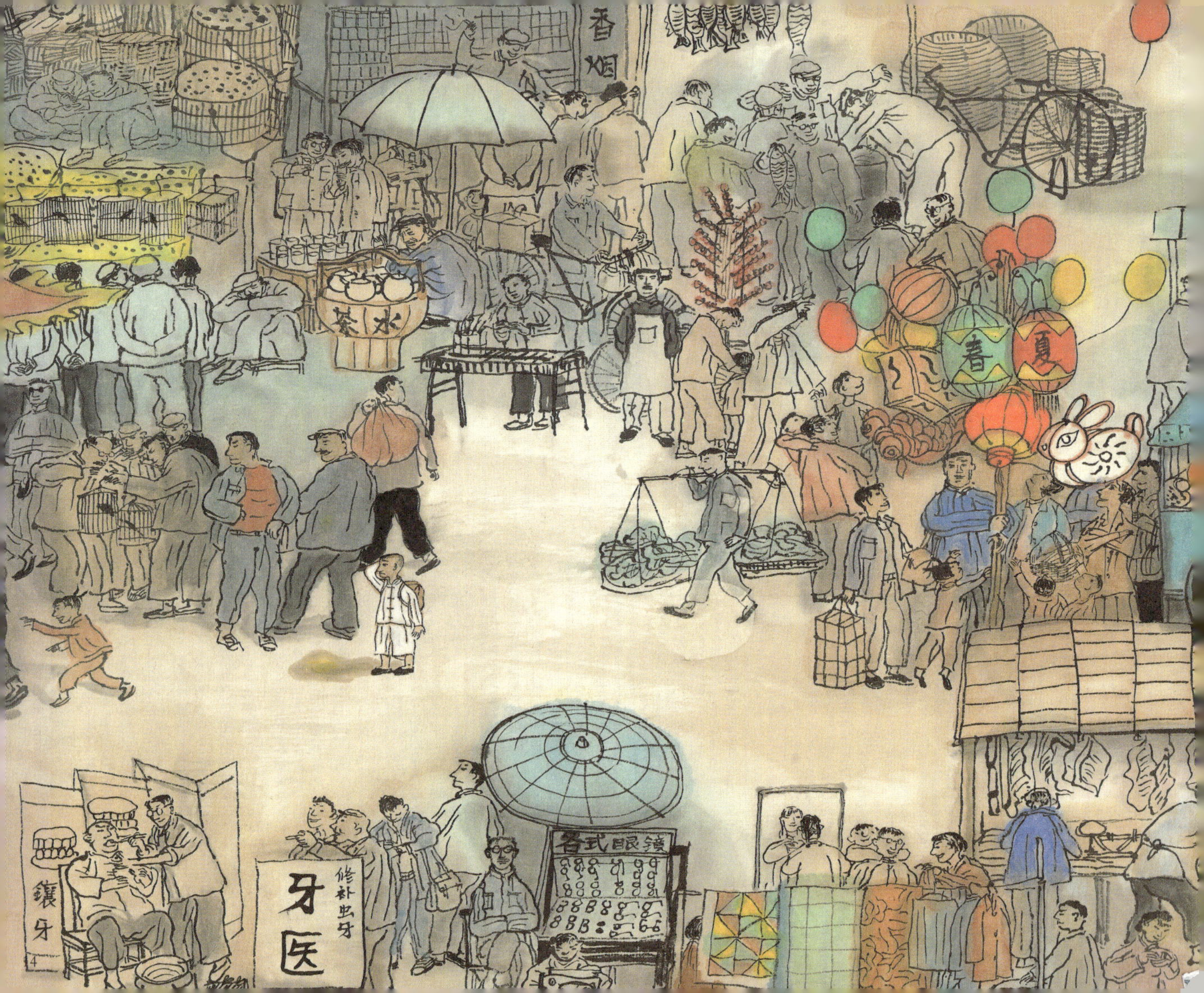
香烟
茶水
春
夏
镶牙
修补虫牙
牙医
各式眼镜

Quand la pièce est finie et que l'attroupement se disperse, Bïn Bïn ne trouve plus ses parents. Il prend peur. Les larmes lui montent aux yeux, mais il se dit : « Allons, allons ! Je suis grand. Je ne vais pas pleurer ! » Pendant ce temps, ses parents le cherchent. Ils alertent l'homme chargé de la surveillance, qui dit : « Pas d'affolement, il ne doit pas être bien loin. »
Le père de Bïn Bïn ne s'inquiète qu'à moitié : « On le retrouvera sûrement chez son ami Lïn Lïn », pense-t-il.

Bïn Bïn s'habitue à sa solitude. Un peu d'indépendance n'est pas si désagréable, au fond… Il flâne entre les éventaires. Il s'arrête devant ceux du médecin, du dentiste, du coiffeur, du cordonnier, du réparateur de vélos, du marchand de bonbons et des vendeurs de légumes, de cigarettes et de tissus… Attention, un petit chat vient d'attraper une bobine de fil !

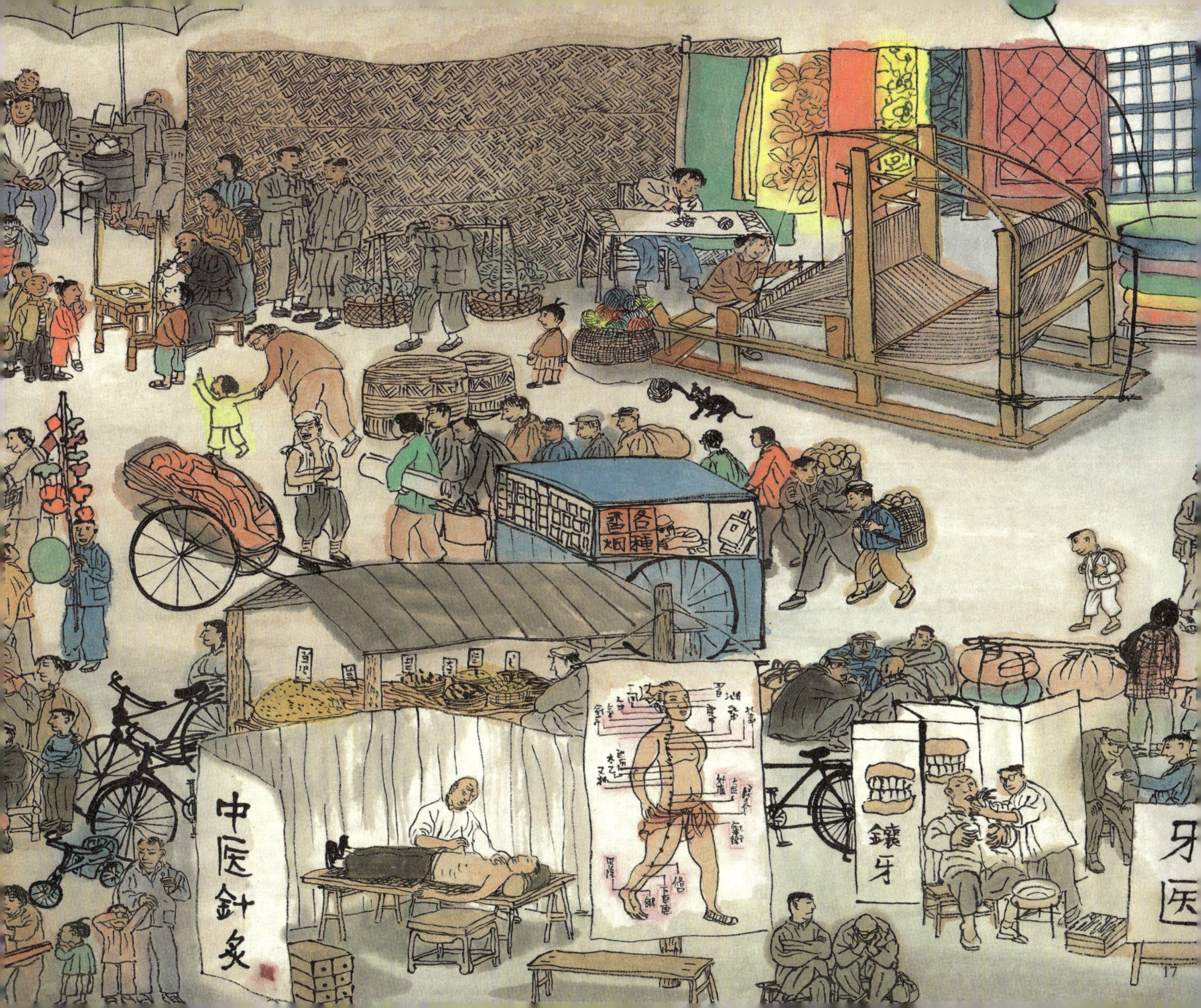

各種
香烟
中医針灸
镶牙
牙医

Bïn Bïn admire l'adresse du vieux monsieur qui sculpte des figurines en sucre soufflé. Il lui demande si c'est difficile. «Rien n'est jamais facile, quand il s'agit de bien faire», répond l'homme avec un sourire plein de sagesse. Mais il ajoute: «J'ai débuté à ton âge avec mon père, et je commence quand même à savoir un peu le métier… Tiens, mon garçon, voici pour toi.» Et il offre à Bïn Bïn une mignonne petite souris en sucre.

理发

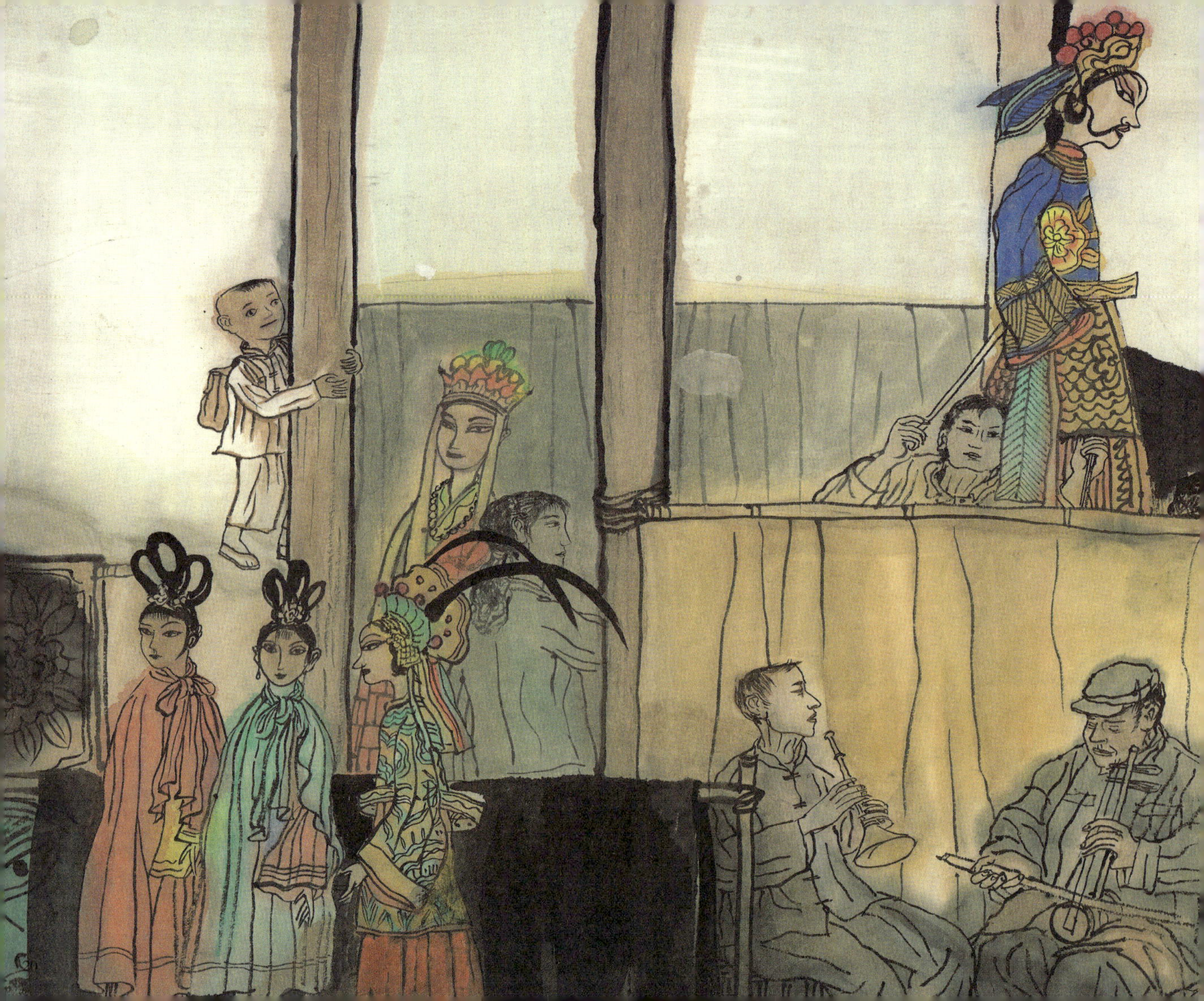

Bïn Bïn découvre le théâtre de marionnettes, où il arrive sans le vouloir par-derrière. Le secret des coulisses est passionnant. Les marionnettistes chantent, parlent, gesticulent, rient et pleurent pour les poupées qu'ils actionnent. En fait, on est bien mieux placé ici qu'on ne le serait face à la scène, au milieu du public.

Midi approche. Bïn Bïn s'en va rôder du côté de chez le marchand de brioches. «Eh bien, mon petit, tu es seul? Où sont tes parents?»
«… Sais pas», bredouille Bïn Bïn, mais son estomac fait des bruits qui signifient clairement: «J'ai faim», et le marchand comprend très bien ce langage-là. Il donne une brioche à Bïn Bïn, qui n'en fait qu'une bouchée.

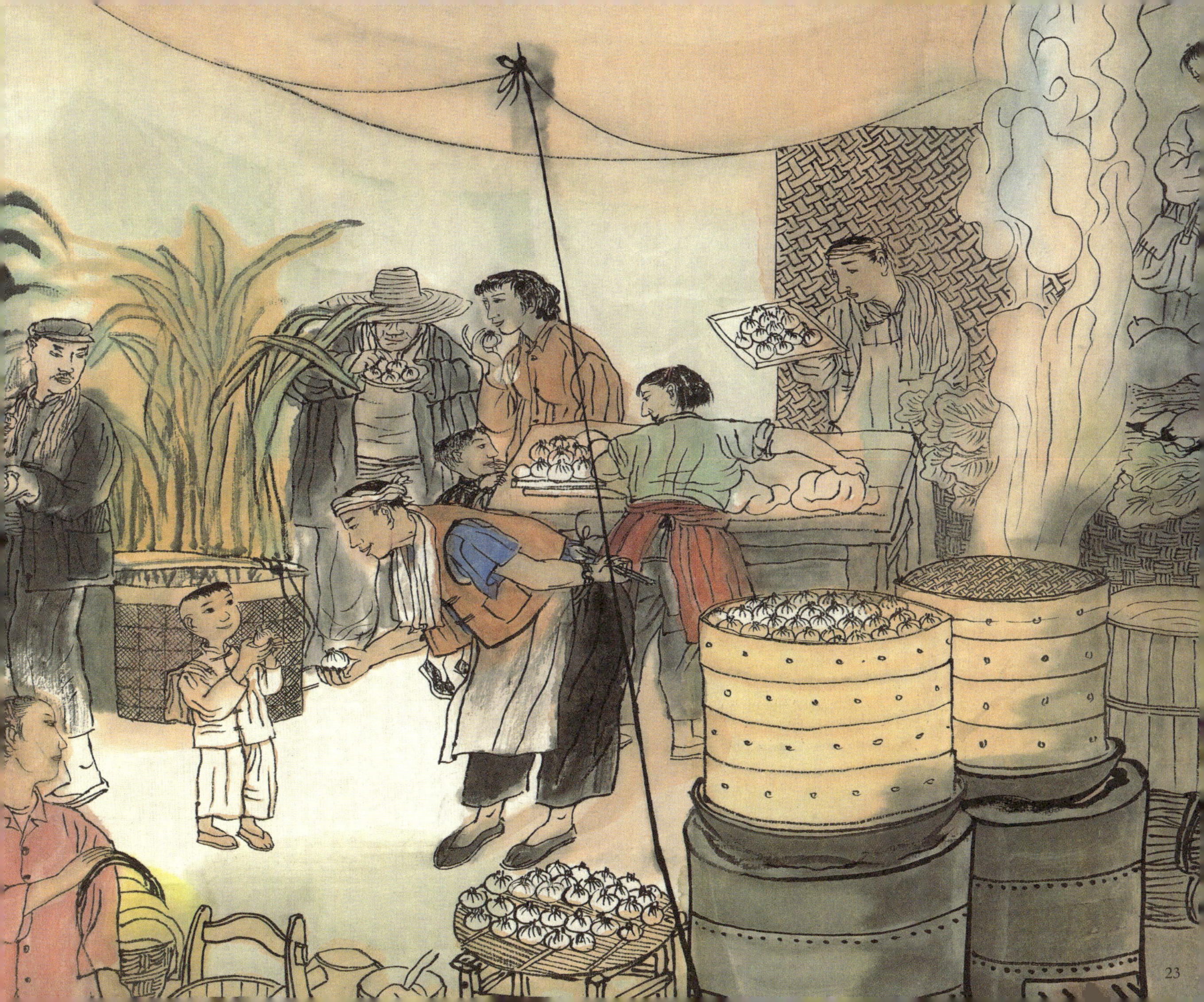

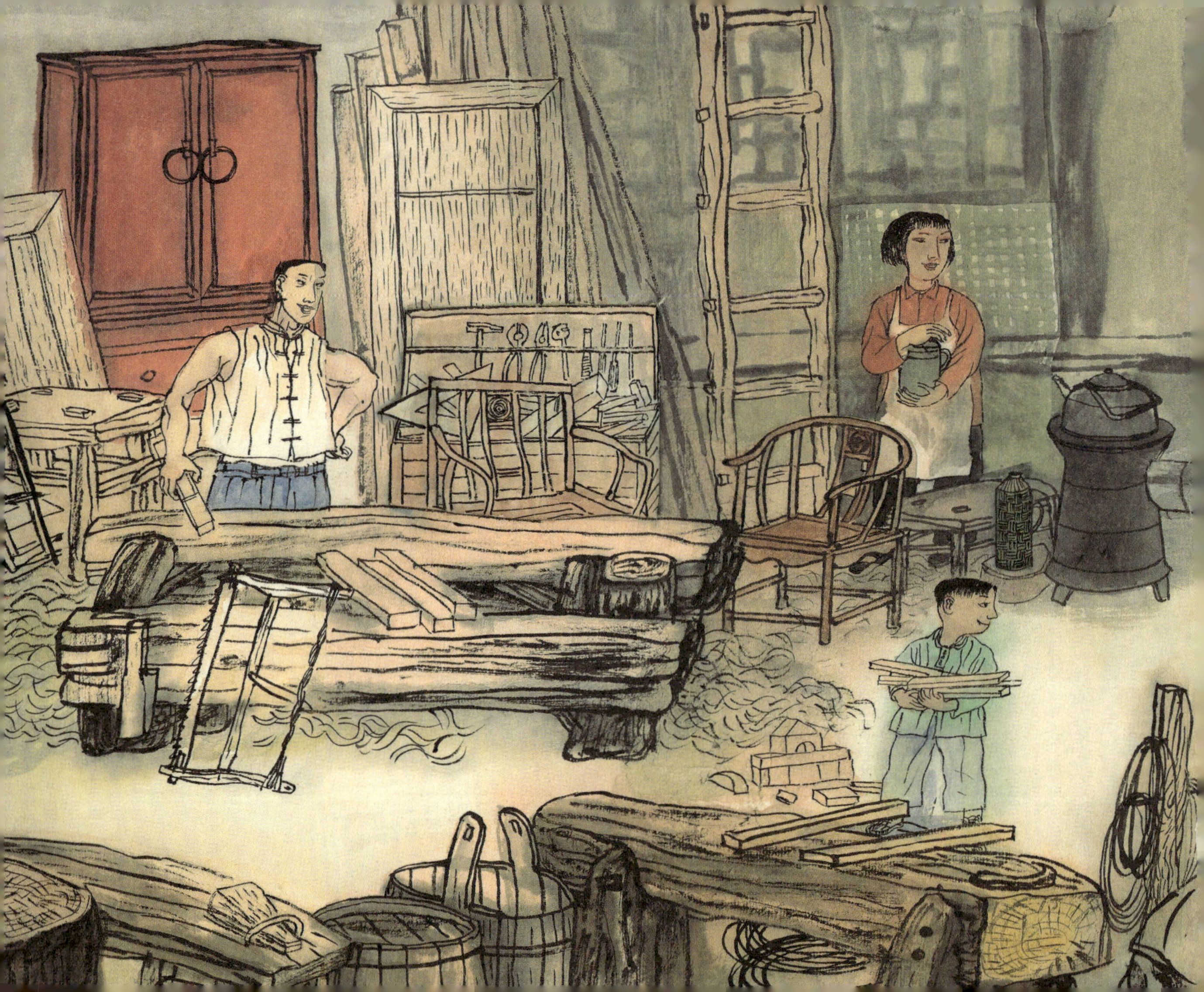

Peu après, Bïn Bïn se retrouve comme prévu à l'atelier des parents de Lïn Lïn, qui fabriquent toutes sortes d'ustensiles et de meubles en bois. Lïn Lïn fait bon accueil à son ami. La mère dit à Bïn Bïn: «Tes parents sont venus. Ils te cherchent partout. Maintenant, tu ne bouges plus d'ici.» Bïn Bïn est ravi. Il sait très bien s'amuser avec Lïn Lïn à ranger ou empiler le bois.

En face de l'atelier, il y a toujours un étal
de livres pour enfants. D'habitude, les parents de Bïn Bïn
ne lui laissent jamais le temps de les regarder autant qu'il voudrait.
Aujourd'hui, profitant de leur absence, les deux copains feuillettent
tous les volumes l'un après l'autre, avec peut-être une préférence
pour les *Aventures du Roi des Singes*, qu'ils lisent et relisent jusqu'à le
savoir par cœur.

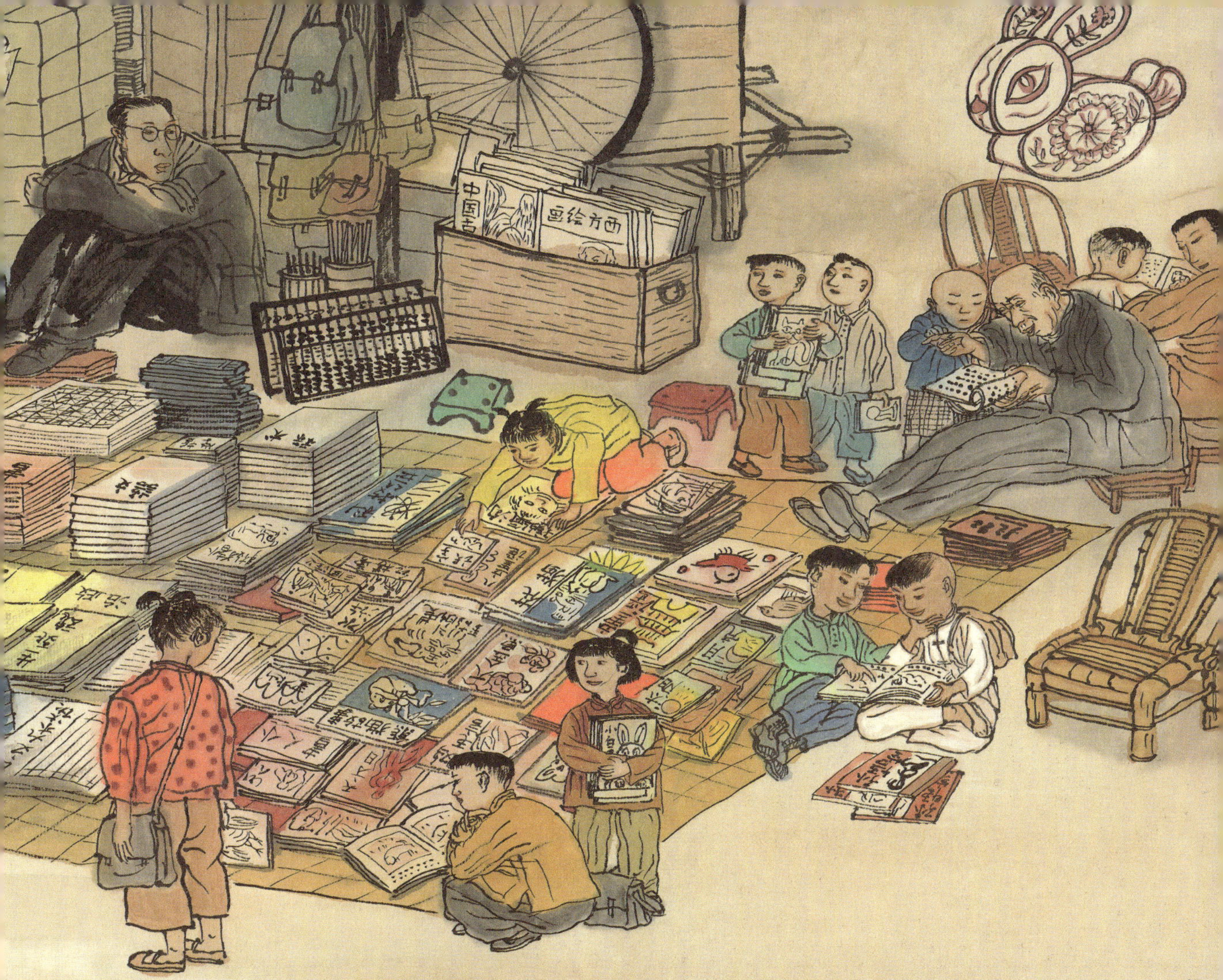
画绘方西

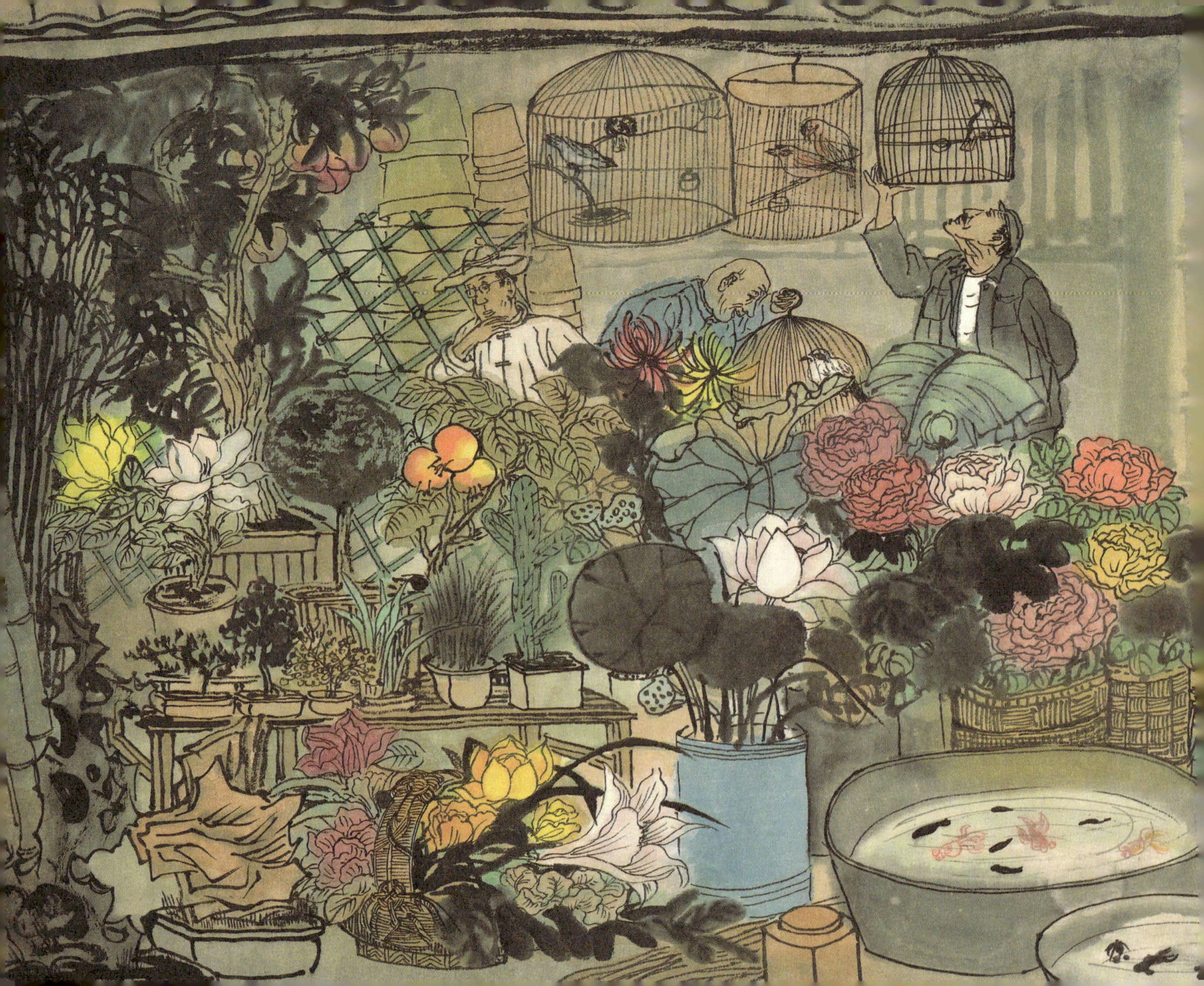

De là, les deux garçons se rendent chez mademoiselle Fleur, qui vend des poissons rouges et des oiseaux, mais vend aussi des fleurs, bien sûr. Soudain il prend à Bïn Bïn l'envie d'acheter des pivoines pour sa mère. Il sort quelques pièces de sa poche.

«Et alors, c'est toute ta richesse?» sourit la marchande. Attendrie, elle fait cadeau à Bïn Bïn du beau bouquet qu'il a choisi.

Le temps passe, la nuit tombe. Bïn Bïn se sent de nouveau un petit creux à l'estomac.
«Mange donc», lui dit Lïn Lïn, dont la mère a préparé de bonnes choses. Mais Bïn Bïn, inquiet de ne pas voir arriver ses parents, ne peut rien avaler. Il s'excuse: «Merci, madame. C'est sûrement très bon, aussi bon que la cuisine de maman, qui fait les meilleurs plats du monde, même quand elle les rate. Mais je n'ai pas faim.»

31

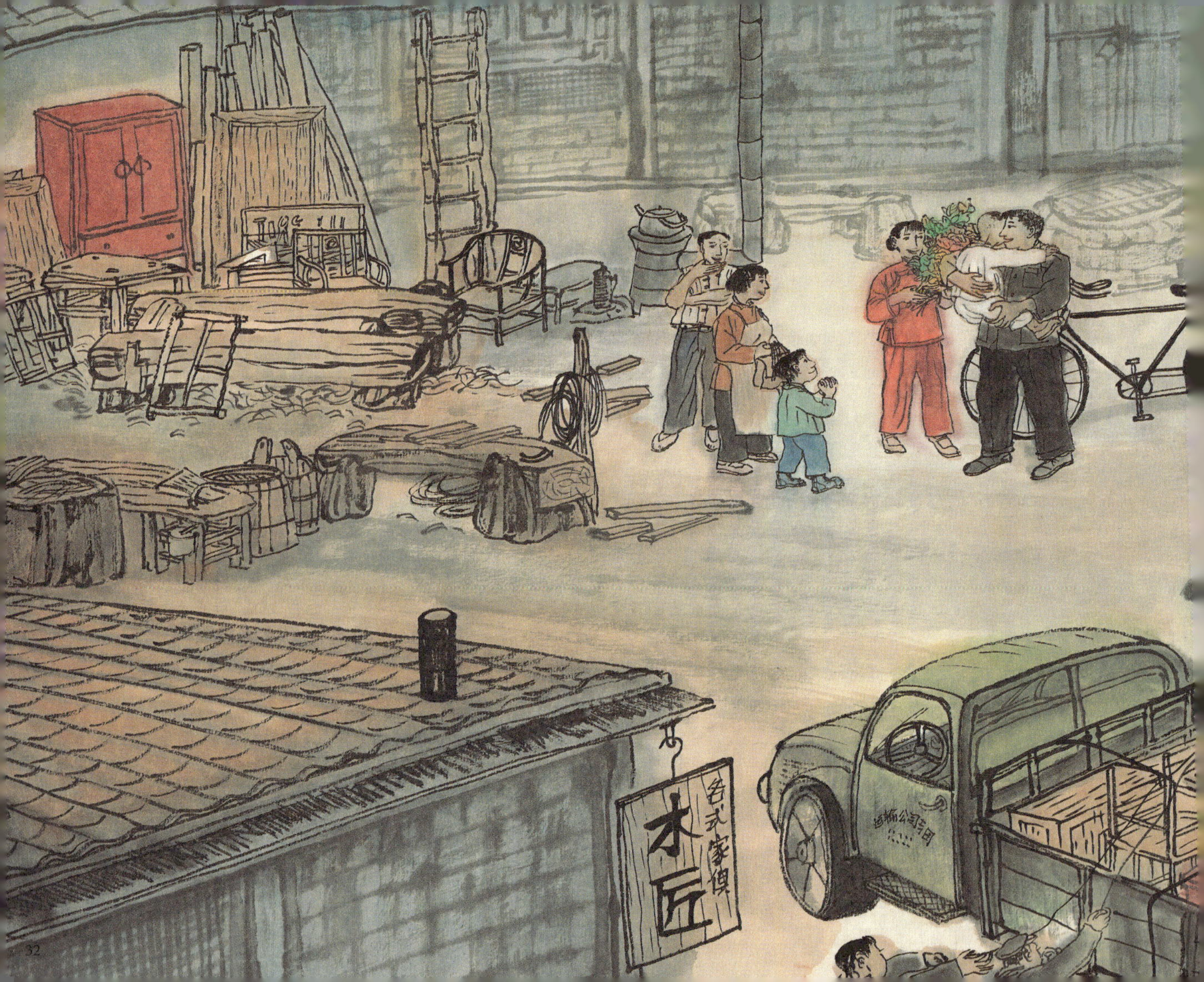
木匠
各式家俱
运输公司

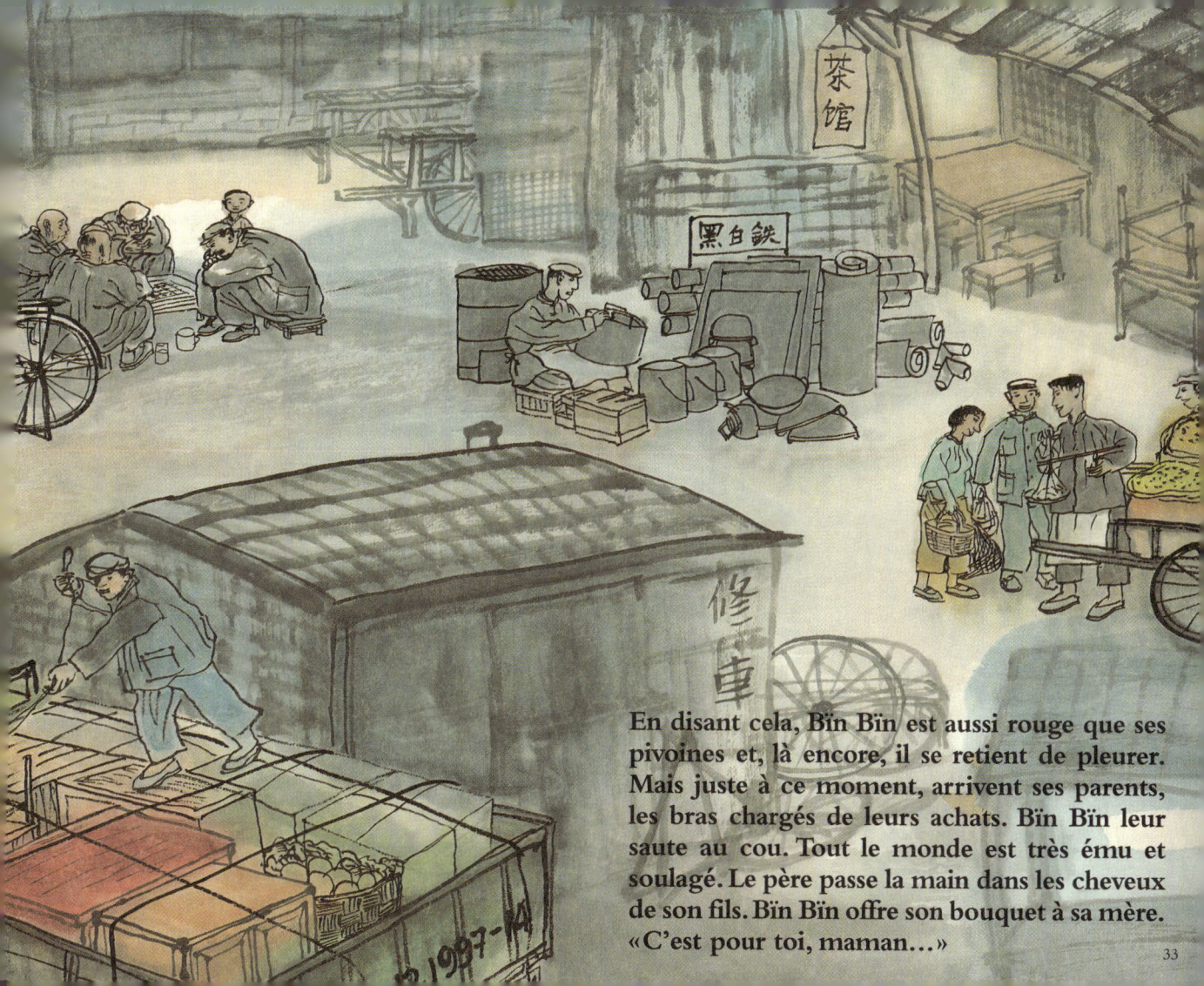

En disant cela, Bïn Bïn est aussi rouge que ses pivoines et, là encore, il se retient de pleurer. Mais juste à ce moment, arrivent ses parents, les bras chargés de leurs achats. Bïn Bïn leur saute au cou. Tout le monde est très ému et soulagé. Le père passe la main dans les cheveux de son fils. Bïn Bïn offre son bouquet à sa mère. « C'est pour toi, maman… »

Sur le chemin du retour, Bïn Bïn raconte à ses parents son aventure et leur détaille sa longue journée passionnante. Plus tard, quand il sera grand, il fabriquera des souris en sucre… ou bien il sera montreur de marionnettes… à moins qu'il ne vende des brioches…
Mais d'ici là, jamais plus il ne s'éloignera de ses parents!